Écrivain soumise

Collection de domination érotique

Erika Sanders

Titre
Écrivaine soumise
Pour
Erika Sanders
Série
Collection de domination érotique

Première édition: juillet 2020

Sites Web de l'auteure:
https://twitter.com/ErikaSanders98
https://www.instagram.com/erikasamanthasanders/
Email du contact:
erikasanders@gmx.com

Synopsis

La plus grande peur de Samantha était que quelqu'un la reconnaisse sur ces photos.

Mais ce problème a été résolu en utilisant un masque fin.

Le masque était petit et ne couvrait que ses yeux et son nez, ce qui était assez bon pour maintenir son anonymat.

Écrivaine soumise est un roman à fort contenu érotique BDSM et, à son tour, un nouveau roman appartenant à la collection Erotic Domination, une série de romans à forte teneur en BDSM romantique et érotique.

Remarque sur l'auteure

Erika Sanders est une écrivaine internationale bien connue qui signe ses écrits les plus érotiques, loin de sa prose habituelle, avec son nom de jeune fille.

Pages Web de l'auteure:

https://twitter.com/ErikaSanders98

https://www.instagram.com/erikasamanthasanders/

Email du contact:

erikasanders98@gmail.com

ÉCRIVAINE SOUMISE
POUR
ERIKA SANDERS

PREMIÈRE PARTIE
LA RÉACTION

CHAPITRE I

La plus grande peur de Samantha était que quelqu'un la reconnaisse sur ces photos.

Mais ce problème a été résolu en utilisant un masque fin.

Le masque était petit et ne couvrait que ses yeux et son nez, ce qui était assez bon pour maintenir son anonymat.

Elle a fait différentes poses pour le photographe.

C'était une séance de tournage élégante avec un ton soumis.

Plusieurs cordons nouaient légèrement son petit corps mince, qui était recouvert d'une mince robe noire.

Ses poignets étaient également attachés ensemble et maintenant des photos étaient prises d'elle allongée sur le sol.

C'était une séance d'art par un photographe local semi-célèbre, qui a vendu les portraits dans différentes galeries d'art.

«Tellement très beau», dit le photographe en s'éloignant. "Tourne-toi. Sur le ventre. Bien. Tourne-toi."

C'était le plus amusant que Samantha ait fait depuis longtemps.

Elle s'est retournée comme un chiot esclave.

Puis elle recula.

Il y avait un léger sourire sur son visage, vivant son fantasme.

Le photographe a remarqué le sourire de Samantha, et il a souri en retour, prenant plus de photos dans le processus.

«Je pense que nous avons fini pour aujourd'hui», dit-il en baissant la caméra. "Tu étais excellent."

Elle se leva et marcha vers lui avec ses poignets attachés pointés vers l'avant.

"Je faisais juste ce que tu m'as dit," sourit-il.

Le photographe a délié ses poignets, la libérant enfin de toutes les ficelles de l'esclavage.

Il y avait de petites marques rouges sur ses poignets.

"Désolé pour ça. Peut-être que je les ai mis un peu trop serrés."

Elle secoua la tête et enleva son masque.

«Ne t'inquiète pas pour ça. Je pense que je tirais trop fort. Et les marques vont bientôt s'estomper.

"Fille dure."

"En parlant d'être dur, y a-t-il une chance de travail supplémentaire?"

"Cela dépend", a répondu le photographe. "Il y a une exposition d'art à venir dans quelques semaines. Si vos portraits se vendent, je serais ravi de vous engager pour plus de photos."

Elle a souri.

"J'ai hâte".

CHAPITRE II

Après s'être habillée, Samantha est allée directement dans sa chambre.

Il y avait encore beaucoup de travail scolaire à faire.

Le cours le plus difficile du semestre a été son cours d'écriture créative, axé sur la création d'histoires complètes.

C'était le cours sur lequel il voulait le plus travailler car cela lui donnait un exutoire pour écrire.

Elle adorait écrire.

Et elle voulait devenir un jour romancière.

Plus important encore, cela lui a donné une plate-forme pour commencer à écrire son premier roman sous la tutelle d'un enseignant éminent.

C'était un professeur qu'il admirait profondément bien avant de fréquenter sa classe.

C'était un enseignant qui avait écrit plusieurs livres, que Samantha avait adorés, en les lisant, en grandissant.

Ces vieux livres ont influencé le style d'écriture de Samantha, et elle était enthousiasmée par l'opportunité pour lui de lui apprendre.

Il a terminé d'écrire un croquis d'une page de sa prochaine histoire assis sur son lit.

Il devait l'envoyer au professeur avant sa prochaine réunion.

Après avoir passé des heures à écrire et à réfléchir, l'état de transe de Samantha a été brisé quand elle a frappé sur le mur.

Elle était sa belle colocataire et sa meilleure amie depuis le lycée, vêtue uniquement d'une serviette et avec des cheveux fraîchement séchés après la douche.

«Est-ce que tu écris encore tes trucs? Demanda Vicky.

"Oh bien sûr, je suis toujours dessus."

"Alors, comment sont passées tes photos aujourd'hui?"

Samantha leva les pouces.

"Assez bien."

"J'adorerais voir le nouveau livre."

"Attendez, laissez-moi vérifier si vous me les avez déjà envoyés."

Samantha a rapidement ouvert son compte Gmail et a vu de nouveaux e-mails.

Il y avait un e-mail du photographe qui a ouvert et téléchargé le fichier qu'il contenait.

Il y avait trente-huit images au total.

"Ils le sont déjà, je vous les enverrai immédiatement," dit Samantha. «Et dites-moi ce que vous en pensez. Personnellement, je pense que c'est une très bonne chose. Je l'aime mieux que ce que j'ai fait la dernière fois.

Bien sûr, Samantha appréciait grandement l'opinion de Vicky sur la question, car son amie avait elle-même fait beaucoup de mannequins et prévoyait également de travailler un jour dans l'industrie de la mode en tant que créatrice.

Vicky a laissé tomber la serviette et était nue.

«Je vais y jeter un œil plus tard. Tu t'es déjà douché? Cette fête est dans une heure.

"Oh merde."

Vicky a mis un soutien-gorge.

"C'est un de ces jours, hein?"

Merde, attendez.

Samantha a rapidement ouvert son e-mail et a écrit un message à l'enseignant.

Elle a joint le document Word et l'a ensuite envoyé.

Puis Samantha a ouvert un autre e-mail et a écrit à Vicky un court message.

Elle a joint le fichier avec les trente-huit photos d'esclaves soumis et a envoyé l'e-mail.

Puis Samantha a fermé son ordinateur portable et a sauté du lit.

Elle croisa sa colocataire à moitié nue et entra dans la petite salle de bain, qui était encore un peu humide car Vicky venait de s'en servir.

Il se déshabilla, puis entra dans la cabine de douche en ouvrant le robinet pour faire tomber une cascade d'eau chaude.

Tout en savonnant et en lavant ses cheveux, Samantha a pensé à son prochain projet d'écriture et à sa rencontre avec l'enseignante.

Il réfléchit à la façon dont il lui expliquerait son travail.

Comment elle le présenterait.

Comment allait-il s'exprimer.

Les principaux points qu'il voulait transmettre pour que l'enseignant comprenne ses pensées et, espérons-le, lui fournisse l'approbation et la compréhension dont il avait tant besoin.

Il a également pensé à des choses insignifiantes, comme quoi porter.

Elle voulait avoir l'air élégante, mais audacieuse, sans envoyer non plus les mauvais signaux.

Elle voulait paraître intelligente sans être trop tendue.

Il ne voulait pas non plus paraître trop simple ou trop facile, sinon il perdrait le respect de l'enseignant.

Elle avait besoin de bien paraître.

Peut-être qu'il demanderait à Vicky son avis plus tard sur cette question également.

Samantha éteignit l'eau, sécha ses cheveux et retourna dans la chambre à coucher, où Vicky était déjà habillée, et utilisait son propre ordinateur portable.

"Que pensez-vous des photos?" Demanda Samantha en regardant à l'intérieur de son placard.

"Vous voulez dire votre écriture?"

"Non, à mes photos, évidemment."

"Eh bien, vous m'avez accidentellement envoyé votre lettre," rapporta Vicky. "Ça a l'air plutôt bien. Je ne suis pas très lecteur, mais j'achèterais ce livre si vous l'écrivez."

Samantha se figea.

Ses yeux s'écarquillèrent et son estomac se serra.

Il s'est précipité vers son ordinateur portable et a vérifié son compte Gmail.

Il a vérifié ses courriels envoyés, pour voir le message qu'il avait envoyé au professeur.

Puis il a regardé l'attachement.

"Oh mon Dieu".

Il a couvert sa bouche avec sa main quand il s'est rendu compte qu'il avait accidentellement envoyé au professeur les trente-huit photos de l'esclavage.

"Ma ... vie ... est ... ruinée," gémit Samantha, s'effondrant sur son lit, voulant pleurer dans le processus.

"Merde, tu viens d'envoyer ces photos à ton professeur?" Vicky a ri d'une drôle de façon.

Samantha enfouit son visage dans l'oreiller.

"Je ne veux pas en parler."

"Regarde du bon côté. Si c'est un gars normal, il te donnera probablement un A pour le cours. L'inconvénient est que tu devras probablement lui sucer la bite. Sauf s'il est sexy, alors tu vas vouloir. Tu sais, tout ça thème enseignant / élève. "

"Je le rencontre demain. Mon Dieu, j'espère qu'il ne me dénonce pas pour avoir essayé de faire une demande de sexe ou quelque chose comme ça. Il pourrait être expulsé de l'école."

"Existe-t-il une règle interdisant l'envoi de photos à l'enseignant?" Demanda Vicky.

"Je ne sais pas."

"Et bien, tu t'es douché super vite. Peut-être que tu ne l'as pas encore vu. Pourquoi ne pas l'appeler et lui dire d'éviter de voir ton e-mail?"

Samantha se redressa, les larmes aux yeux.

"Tu est un génie."

Il a cherché dans le programme du cours le numéro de portable du professeur, mais il n'y était pas, contrairement aux autres professeurs.

Le seul plan d'action serait de prier pour que vous ne l'ayez pas encore vu.

Elle a envoyé un autre message d'avertissement à l'avance.

Elle a envoyé un e-mail avec le titre: VEUILLEZ NE PAS OUVRIR L'AUTRE EMAIL

"Professeur,

Je suis Samantha. Nous avons rendez-vous demain matin. Je lui ai envoyé un autre e-mail il y a quelques instants. J'espère sincèrement que vous ne l'avez pas ouvert. Sinon, ne le faites pas. Si oui, je suis vraiment désolé. Ce était un accident.

Ici, je vous envoie mon écriture.

J'espère que cette erreur ne met pas en péril nos relations universitaires. J'ai toujours l'intention de vous voir demain pour discuter du projet d'écriture.

Avec mes meilleurs vœux,

Samantha ».

Puis il a joint le dossier avec l'écriture, vérifiant qu'il allait bien cette fois.

Une fois le message envoyé, Samantha retomba sur le lit.

Elle réalisa que sa serviette avait été ouverte et que son sein gauche était partiellement exposé, mais elle s'en fichait.

Il avait encore une fête à laquelle aller.

Mais je ne savais pas si je pourrais jamais m'amuser à nouveau.

CHAPITRE III

Juste avant la réunion du matin, Samantha s'est installée pour sortir quelques vêtements de son placard.

Pantalon kaki, chemise blanche boutonnée et gilet foncé.

Informel, mais chic.

Ses cheveux étaient attachés en queue de cheval et elle portait un maquillage minimal.

La dernière chose qu'il voulait faire était d'émettre des vibrations érotiques, surtout après cette horrible erreur de courrier électronique, à laquelle le professeur n'a pas non plus pris la peine de répondre.

Elle est allée à son bureau dans le bâtiment des sciences humaines.

Arrivé là-bas, il vit, à travers la porte vitrée, le professeur assis derrière son bureau en train d'utiliser l'ordinateur.

Samantha était légèrement agacée que l'enseignante soit sur son ordinateur et qu'elle ne prenne jamais la peine de lui envoyer un e-mail de réponse.

Eh bien, pensa-t-il, cela lui aurait évité une partie de l'inconfort.

Il frappa à la porte pour attirer son attention.

«Juste à temps», dit le professeur. "Fermez la porte et asseyez-vous."

Le professeur était beaucoup plus âgé qu'elle.

Peut-être avait-il quarante-cinq ou cinquante ans, deux fois son âge.

Il était assez beau, avec un comportement sévère et fort.

Il y avait un air de sagesse en lui, ce qui montrait clairement qu'il était une personne très intelligente.

Il ferma la porte et s'assit sur la chaise en face du bureau du professeur.

Il se redressa dans une posture parfaite, tandis que le sujet du mail lui restait à l'esprit.

Il se demanda s'il l'approcherait ou non.

Jusqu'à présent, cela ne semblait pas être le cas.

Au lieu de cela, l'enseignant a placé un morceau de papier sur le bureau.

C'était une copie imprimée des devoirs de Samantha, avec des notes manuscrites partout.

«Je viens de la vieille école», dit-il. "Je préfère écrire sur papier et commenter avec un stylo. Pouvons-nous commencer maintenant?"

Elle acquiesça.

"Bien sûr."

"J'en viendrai au sujet en question, j'aime vos idées. L'histoire d'une jeune femme qui a trouvé son chemin dans la vie est très récurrente, mais c'est une nouvelle tournure. Si je me souviens bien, le premier jour du cours, vous avez dit que vous vouliez devenir romancier, non? "

Elle acquiesça.

"C'est comme ca."

"Et vous avez dit que vous vouliez en faire votre premier roman que vous espérez publier un jour, est-ce exact aussi?"

"C'est tout à fait correct. Et je ne vous l'ai pas dit, mais je suis en fait un grand fan de vos livres. Ils m'inspirent. Et j'apprécie grandement vos commentaires."

«J'apprécie les paroles aimables», dit-il d'un ton calme. "Je suis là pour vous et pour tous mes autres élèves. C'est pourquoi je suis devenu enseignant, pour transmettre mes connaissances, tout ce que j'ai, pour aider la prochaine génération d'écrivains."

Samantha le regarda avec un mélange d'inquiétude et d'angoisse, comme si elle était profondément humiliée simplement assise là.

"Quelque-chose ne va pas?" demanda le professeur.

Elle a rassemblé son courage.

«Avez-vous vérifié l'e-mail hier soir?»

"De toute évidence, je l'ai fait. Nous discutons de votre mission d'écriture, non?"

Elle se sentait idiote.

"Pas cet e-mail. Je faisais référence à l'autre, tu sais, l'e-mail envoyé par accident. Il y avait une pièce jointe. L'avez-vous téléchargé ?"

"C'est mon travail de regarder ce que les étudiants m'envoient. Alors oui, quand j'ai vu l'attachement, je l'ai ouvert."

«Vous avez vu mes photos? Samantha a demandé de manière rhétorique.

«L'en-tête de votre e-mail était que c'était vos devoirs. Je ne suis pas un lecteur d'esprit, Samantha. Oui, j'ai vu vos photos. Mais ne soyez pas gêné.

Elle poussa un bref soupir de soulagement.

"Alors tu n'es pas déçu de moi ?"

"Pourquoi serais-je ?"

"Parce que son étudiant, qui va dans une université prestigieuse, posera pour des photos comme ça."

"Je ne juge pas les gens pour avoir exploré d'autres voies," répondit-il. "C'est ça la vie, n'est-ce pas ? Découvrir ce que tu aimes, ce que tu n'aimes pas, puis prendre des décisions."

"Je vous remercie."

"Parce que ?"

«Merci de ne pas être un con», dit-il. "Excusez ma langue, mais je suis sûr que d'autres professeurs de cette université m'auraient expulsé. Soit cela, soit ils exigeraient des relations sexuelles orales ou quelque chose comme ça."

"En fait, j'étais sur le point de demander vos services."

Elle était surprise.

"Vraiment ?"

"Je plaisante. Vous avez probablement raison. D'autres enseignants auraient pu interpréter cet e-mail comme une demande sexuelle. Mais je ne suis pas comme les autres enseignants. Je comprends que les gens font des erreurs avec les e-mails."

"Et les photos elles-mêmes ?" elle a demandé. "Considérez-vous que c'est une erreur de ma part ?"

"Toi oui?"

Samantha s'assit droit et provocant.

"Non, je ne sais pas. Je suis fier des photos qu'ils ont prises de moi. Je pense qu'elles sont belles et artistiques."

"Si c'est ce que vous pensez, qui suis-je pour le juger?"

"Je suis contente que nous ayons résolu ça," répondit-elle soulagée.

«Pourquoi n'intégrez-vous pas cela dans votre roman? Vous avez fait allusion à des thèmes de sexualité pour l'histoire que vous prévoyez d'écrire, alors pourquoi ne pas en incorporer une partie? Vous n'avez pas à entrer dans les détails, mais parlez de votre propre exploration.

"Honnêtement, je ne sais pas si je peux le faire."

"Avez-vous de l'expérience avec le style de vie de ces photos?", A-t-il demandé.

Elle secoua la tête.

"Pas vraiment ".

«Pourquoi pas, si je peux demander?

Samantha réfléchit un instant.

"Je n'ai jamais trouvé quelqu'un en qui je puisse faire confiance. Je veux dire, avoir des relations sexuelles est une chose, mais la soumission en est une autre. J'ai l'impression que c'est beaucoup plus intime et ne devrait être partagé qu'avec la bonne personne."

"C'est pourquoi je t'aime bien. Tu es intelligent, talentueux et fort. Il y a beaucoup d'idiots là-bas. Mais une vraie relation Maître-soumis est basée sur la confiance et l'affection. Le Maître doit respecter le soumis. Il doit y avoir confiance. soumis peut être totalement libre de lâcher prise. "

Un sourire apparut sur son visage.

"Comment savez-vous tout cela?"

"Je n'en parle pas normalement, mais j'ai été maître pour plusieurs femmes de ma vie. Les femmes étaient très soumises et m'ont donné une obéissance totale. En retour, je me suis occupé d'elles, émotionnellement et sexuellement. C'étaient des relations basées sur la confiance et la compréhension mutuelle."

Pendant un moment, Samantha fut stupéfaite.

Elle espérait que le rendez-vous au bureau était douloureusement gênant.

Au lieu de cela, elle a obtenu un professeur sexuellement avancé qui l'a apparemment comprise.

"D'accord," dit-elle. "Je pense qu'il a raison. Il est logique d'incorporer certaines de ces choses dans mon projet d'écriture. Pas tout ce qui concerne l'esclavage, évidemment, mais l'auto-réflexion et la découverte."

L'enseignant a plié le papier.

"Alors maintenant, vous n'aurez pas besoin de toutes mes notes, puisque l'histoire a changé. Mais prenez-les avec vous. Je vous suggère de trouver une nouvelle histoire pour la seconde moitié de votre roman, avec une nouvelle fin. De nombreux étudiants trouvent ce cours en lui-même révélateur. Ils apprennent des choses sur eux-mêmes pendant le processus d'écriture. C'est ce que j'aime enseigner. "

Un sentiment de déception envahit Samantha alors que l'enseignant posait le papier plié devant elle.

«Notre réunion est terminée? elle a demandé.

"Oui. De toute évidence, vous devez changer des parties de votre histoire, donc mes commentaires là-bas sont fondamentalement inutiles."

"Pouvons-nous nous revoir? Je voulais toujours vous parler pour quelques conseils d'écriture."

"Nous pouvons discuter de l'écriture une fois que vous avez traité votre intrigue."

Un nouveau sentiment de confiance et de compréhension envahit Samantha.

C'était comme une épiphanie.

Son amour pour l'esclavage et l'écriture se sont apparemment réunis pour la première fois.

Elle acquiesça.

"Merci pour tout. Tu es le meilleur."

"Pourquoi ai-je le sentiment que vous planifiez quelque chose?"

«Juste mon premier roman», sourit-il.

"Je voulais dire ce que j'ai dit. J'aime le fait que vous soyez prudent avec vos fantasmes et votre corps. Si je peux vous apprendre une chose, ce serait de ne rien faire de stupide avec votre corps. Respectez-vous. C'est la chose la plus importante que je puisse enseigner une jeune femme comme toi."

À ce moment, Samantha avait des sentiments pour le professeur.

Il le sentit dans son esprit, son cœur et entre ses jambes.

Elle le savait.

Et l'enseignante a réalisé ce qu'elle devait penser.

DEUXIÈME PARTIE
LES IMAGES

CHAPITRE I

Quelques semaines passèrent.

Avec le succès obtenu dans la galerie d'art, la photographe a demandé à Samantha de retourner au studio pour prendre plus de photos, et elle a accepté avec plaisir.

C'était sa chance d'échapper au stress de la vie et de profiter d'un fantasme.

De plus, l'argent que j'obtiendrais était très bien.

En garde-robe, elle portait une petite tenue noire, composée d'un soutien-gorge et d'une culotte en cuir.

Il portait également des bottes noires.

Enfin, et surtout, il portait le petit masque noir.

Dieu interdit que quelqu'un la reconnaisse.

Alors qu'elle enfilait la tenue et le masque, Samantha a ressenti une vague d'excitation alors qu'elle se préparait pour la séance photo.

D'une manière étrange, elle a compris les besoins des toxicomanes.

C'était sa dépendance.

Quelque chose dont il rêvait émotionnellement et physiquement.

Quand elle fut prête, elle entra dans le studio où le photographe préparait son appareil photo.

Les lumières, les accessoires et les décors étaient déjà en place.

Ils avaient leurs conversations et leurs blagues habituelles.

Samantha a exprimé sa gratitude et sa joie que les autres portraits se soient bien vendus.

Le photographe a noté que tout cela était grâce à elle.

"Allons-nous continuer là où nous nous sommes arrêtés?" demanda le photographe en tenant l'appareil photo à la main, avec la lanière autour du cou.

"En fait, j'aimerais essayer quelque chose d'un peu différent aujourd'hui."

Il semblait ouvert à cela.

"Avez-vous quelque chose en tête?"

"Pas vraiment. Je ne sais pas. Mais je me sens un peu plus aventureux."

Il réfléchit un instant.

"Que diriez-vous de montrer un peu plus de peau? Je sais que vous avez toujours été préoccupé par cela, mais plus de peau aide généralement aux ventes."

Après un bref moment d'hésitation, Samantha a abaissé le côté gauche du soutien-gorge, pour révéler partiellement son petit téton rose.

"Que dire de cela?" elle a demandé.

Il est resté professionnel à ce sujet.

"On peut le faire comme ça. Bien sûr. Et l'esclavage? La même chose qu'avant?"

"Les mains derrière le dos cette fois. Et à genoux. J'aime la vulnérabilité que je vais avoir."

"Y avait-il quelque chose dans votre café aujourd'hui?" il a plaisanté.

"Pars. La seule chose qui arrive, c'est que je suis une femme avec une idée en tête."

«Quoi que vous disiez. J'aime cette idée. Commençons par ceci. Je vais vous attacher les poignets par derrière.

Le photographe a abaissé l'appareil photo et l'a laissé pendre autour de son cou.

Puis il est allé chercher les cordes.

Samantha se retourna et mit ses mains derrière son dos.

Avant qu'il ne lui attache les cordes, elle l'a arrêté.

"Attends, attends un instant."

Samantha tendit la main et abaissa un peu la partie droite de son soutien-gorge, exposant ses deux petits tétons roses.

Puis elle a rapidement mis ses mains derrière son dos.

"D'accord, maintenant je suis prête," dit-elle.

Le photographe a attaché la corde et fait un nœud, joignant les mains de Samantha.

Cela lui donna une étrange sensation de satisfaction, surtout maintenant que ses tétons étaient exposés.

«Maintenant, nous sommes prêts à passer à autre chose. Donnez-moi une pose. Puisque vous vous sentez aventureux aujourd'hui, je vous laisse improviser. Faites ce que vous voulez.

Samantha a fait face au photographe, qui a fait quelques pas en arrière et a commencé à prendre des photos.

Cela la rendait étrange pour un homme de prendre des photos de ses mamelons nus, alors que ses mains étaient liées.

C'était tellement excitant et elle sentit un bourdonnement entre ses jambes et des picotements à travers ses mamelons.

Il ne pouvait pas faire grand-chose avec ses bras.

Et elle avait l'habitude de recevoir des instructions pendant la modélisation.

Le début était donc un peu gênant.

Peu à peu, elle s'y est habituée, bougeant ses épaules, ses hanches et ses pieds pour former des poses différentes.

Puis il s'est mis à genoux.

Une pose vulnérable.

Il a pris différents clichés sous différents angles.

Elle roula sur le côté.

Il a pris plus de photos.

Elle se retourna, pressant son ventre et ses tétons contre le sol.

Il a pris des photos de ses fesses.

Puis elle roula sur le dos, les mains attachées derrière elle, les tétons pointés vers le haut.

Il a pris plus de photos et a ressenti une poussée d'adrénaline.

Merci à Dieu pour le masque, qui lui a permis de préserver son identité lorsque ces images seraient publiées dans diverses galeries d'art, vues par Dieu sait combien de personnes.

L'exhibitionnisme était une émotion étrange pour elle.

Mais pas autant que la soumission.

CHAPITRE II

Après une brève séance de masturbation dans sa chambre, Samantha s'est lavé les mains et s'est installée dans son lit.

Elle se redressa, le dos contre l'oreiller et l'ordinateur portable sur ses genoux.

Fraîchement sortie de la séance photo, elle était armée de nouvelles émotions et expériences, ce qui était parfait pour un écrivain amateur comme elle.

Il ouvrit le traitement de texte et continua sa mission d'écriture, qui servira également de base à son premier roman.

J'avais déjà fait plusieurs pages.

En écrivant Samantha, elle a rencontré un obstacle.

Il se demanda quelle part de sa vie personnelle il utiliserait.

Il se demande jusqu'où le personnage de l'histoire choisira d'explorer.

Et explorer quoi ?

Le fantasme de Samantha était la soumission sexuelle.

C'est ce qu'elle avait toujours rêvé.

C'est ce qu'elle voulait.

Mais mettre cela dans le livre permettrait à vos amis et à votre famille de connaître vos pensées intérieures, car tout le monde le lirait.

Ils se demanderaient si Samantha écrivait une histoire purement fictive, ou si elle exprimait ses propres souhaits et utilisait le livre comme moyen de communication.

C'était le dilemme de l'écrivain.

Heureusement, elle connaissait l'homme à qui elle pouvait en parler.

Il a ouvert son compte Gmail et a vu qu'il avait deux e-mails.

L'un d'un ami, l'autre du photographe qui venait d'envoyer par e-mail la dernière série d'images qu'ils avaient fait ensemble ce jour-là.

Mais ce n'était pas important pour le moment.

Elle a écrit un message avec un titre direct: Pouvons-nous nous voir ?

"Bonjour Professeur,

Je espère que vous êtes bon. Les progrès dans mon travail d'écriture ont été réguliers, mais je suis venu à un obstacle en termes d'histoire.

Plus précisément, je suis aux prises avec la part de ma vie personnelle que je devrais y inclure. Et oui, je fais référence au sujet dont nous avons discuté dans votre bureau il y a quelques semaines. Je suis sûr que vous comprenez ce que je devrais ressentir à ce sujet.

Aide moi s'il te plaît!

Samantha "

Envoyé le message.

Puis elle a lu le courriel de son amie et a envoyé une réponse rapide.

Enfin, il a ouvert l'e-mail du photographe, qui contenait un bref commentaire accompagné d'une pièce jointe, qui contenait un total de soixante-huit images.

Elle a téléchargé le fichier et a brièvement regardé les images.

C'était un peu surréaliste de se voir comme ça.

Les mains attachées dans le dos.

Le masque qui cachait son identité.

Et ses mamelons exposés.

Les photos d'elle sur ses genoux et sur son dos étaient excitantes.

Les amateurs d'art érotique achèteraient certainement ces images lors de la prochaine exposition d'art.

Ils étaient brillamment fabriqués, pensa Samantha.

Il se demanda brièvement s'il devait envoyer ces mêmes photos à l'enseignant.

Peut-être aimerait-il aussi les voir.

Il comprend évidemment les choix de Samantha, qu'elle a profondément appréciés.

De plus, ces images étaient quelque peu pertinentes pour sa mission d'écriture, car c'était une expression de sa propre sexualité et de son exploration.

Samantha a composé un autre e-mail avec un court en-tête et un court message pour l'enseignant.

Il a joint le dossier avec les soixante-huit images que le photographe avait prises de lui ce jour-là.

Il envoyait à son professeur d'autres photos de l'esclavage, mais cette fois, ce serait exprès, pas par accident comme avant.

Son doigt s'attarda un peu sur le bouton «envoyer» dans l'e-mail.

Elle hésita.

Puis il a entièrement supprimé l'e-mail.

Que penserait le professeur si elle lui envoyait une autre série de photos de bondage?

Elle se moquait probablement de lui, pensa-t-elle, considérant qu'il avait dit que l'autre avait été une erreur.

Ou qu'elle essayait désespérément de le séduire.

Un e-mail est arrivé.

C'était une réponse du professeur:

«Bien sûr, demain je suis libre à neuf heures du matin. J'enseigne une autre classe à dix heures du matin donc le temps est limité.

Envoyez-moi votre histoire. Je vais le lire ce soir et nous pourrons en discuter demain.

Professeur "

Les choses bougeaient et les roues étaient en mouvement.

Elle lui a renvoyé un e-mail avec une pièce jointe de son histoire.

Elle se demanda ce qu'il penserait.

CHAPITRE III

Le lendemain matin.

La porte du bureau du professeur était ouverte.

Comme d'habitude, il semblait travailler, regardant quelques papiers sur son bureau.

Samantha s'était habillée de la même manière que lors de leur dernière réunion.

Quelque chose de décontracté, mais de classe. Pas très sexy, pas trop prude.

Elle ne voulait pas envoyer les mauvais signaux, en particulier ce sur quoi ils discuteront.

Après avoir frappé à la porte, le professeur a vu l'élève et l'a invitée à entrer.

Ils ont échangé quelques blagues alors qu'elle était assise en face de lui au bureau.

Bien sûr, ils avaient parlé plusieurs fois en classe, mais une réunion privée était toujours plus spéciale.

«Avez-vous tout lu? elle a demandé.

"Je l'ai fait. Et j'ai vraiment aimé", répondit-il. "Un travail solide. Vous avez un bon talent. Je pense que votre force en tant qu'écrivain est votre réalisme. Il y a une grande profondeur dans les personnages."

La fierté a explosé en Samantha, mais elle a réussi à la contenir.

"Merci. J'y ai beaucoup réfléchi."

"Je suis sûr que vous l'avez fait. En tant que mission d'écriture, c'est probablement un travail de niveau A", at-il expliqué. "Mais vous n'êtes pas satisfait de cela, n'est-ce pas? Vous cherchez à devenir romancier."

"C'est comme ca."

Le professeur a pris quelques papiers.

"Quelques notes que j'ai faites, dont je voulais discuter avec vous. Ce sont des exemples simples pour élargir vos descriptions et histoires parallèles afin que vous puissiez terminer un bon livre. Bien que je ne m'attends pas à ce que vous fassiez cela maintenant. Franchement, si chaque élève me donnait un long roman, je serais englouti lire constamment. "

Samantha a pris les papiers et ses yeux ont lu rapidement les notes.

"C'est incroyable. Merci."

"Il n'y a pas besoin de me remercier."

"Est-ce qu'il fait ça pour tous les étudiants?" elle a demandé.

"Uniquement pour les étudiants qui veulent devenir romanciers et veulent un niveau supplémentaire de critique. Je suis toujours prêt à aider à cet égard."

"As-tu déjà couché avec un étudiant?" demanda-t-il sans détour, sans se soucier des conséquences possibles.

"Pourquoi tu me demandes ça?"

"Je fais des recherches sur les personnages pour mon travail d'écriture."

Il a souri.

"Est-ce vrai? Vous êtes une fille directe, le saviez-vous?"

"Les filles timides ne peuvent pas entrer dans une école comme celle-ci. C'est sûr."

"Vous avez probablement raison à ce sujet."

"Donc quelle est la réponse?"

«Je l'ai fait avec un étudiant il y a quelques années», a-t-il répondu. "Mais gardez à l'esprit que je n'étais pas un harceleur. Je n'ai jamais persécuté sexuellement un étudiant."

«Alors comment est-ce arrivé?

«Disons que nous avions un ami commun et que nous nous sommes rencontrés lors d'une fête. Une soirée échangiste. Nous avions tous les deux des extrémités opposées du même intérêt. Elle était une soumise inconditionnelle. J'étais un Maître expérimenté. Vous pouvez imaginer le reste.

"Intéressant."

"Est-ce que ça va vraiment être dans votre histoire?"

"Probablement," répondit-elle. "Dans mon histoire, la jeune femme noue une relation avec un homme beaucoup plus âgé, qui a beaucoup plus d'expérience dans la vie."

"Beau aussi, j'espère."

"Oh oui."

"En parlant de cela, vous avez mentionné quelque chose dans votre e-mail sur l'intégration de votre vie personnelle dans votre histoire."

Samantha hocha la tête.

"C'est vrai. Mon cœur et mon esprit veulent amener l'histoire dans la même direction. Le fait est que cette direction implique, vous savez, le sexe. La plupart des jeunes passent par cette phase, où ils veulent juste explorer le sexe et ses beauté. Je suppose que c'est pour ça que ça coule dans mon écriture. "

"Et vous craignez que les gens vous jugent en fonction du contenu de votre histoire."

"Exactement. A-t-il vécu la même chose avec ses livres?"

"Bien sûr. Mais c'est différent. Je suis un homme. Vous êtes une jeune femme. La société a des normes différentes pour nous en matière de sexe. Mais si vous cherchez une réponse de ma part à ce sujet, je suis désolé, je ne peux pas vous en donner une. Réponse. Cela doit être le vôtre. C'est votre art, votre histoire, pas la mienne. "

Samantha réfléchit un moment et acquiesça.

"Puis-je te montrer quelque chose?"

"Bien sûr."

"Attends une seconde."

Samantha a pris son téléphone et a fouillé ses photos.

Puis il a remis son téléphone au professeur.

"Celles-ci proviennent d'une séance photo que j'ai faite hier", a-t-il expliqué. "Je vous les ai presque envoyés hier, mais je ne pensais pas que c'était approprié."

Il a passé en revue les images explicites.

"Alors pourquoi pensez-vous que c'est approprié maintenant?"

"Parce que j'apprécie ton opinion. Et je voulais te montrer que j'ai suivi ton conseil de la dernière fois que nous nous sommes rencontrés. Il m'a dit de respecter mon corps. Eh bien, je l'ai fait. Je le fais. Ces poses étaient mon idée. C'est mon fantasme et mon expression sexuelle. comme une jeune femme en bonne santé. "

L'enseignant a de nouveau regardé les photos sur le téléphone.

"Vous ressemblez certainement à une jeune femme en bonne santé."

Il lui rendit le téléphone et Samantha le rangea.

"Puis-je vous poser une question personnelle?"

"Pourquoi pas? Nous sommes déjà devenus personnels."

Elle avala sa salive.

«En tant que Maître, que feriez-vous à votre soumis, si elle était dans cette position? À genoux, les mains liées.

"Une raison particulière pour laquelle tu veux savoir ça?"

"Je suis juste curieux. Cela m'aidera dans mes devoirs d'écriture, car je comprendrais ce qu'un vrai Maître ferait dans cette situation."

Il réfléchit un instant.

Peut-être qu'il pensait à ce qu'il ferait.

Peut-être qu'il se demandait s'il devait le dire ou non.

Samantha ne pouvait pas le dire.

Finalement, le professeur a donné sa réponse:

"J'entraînerais ta gorge."

Elle a été brièvement surprise.

"Je suppose que tu veux dire ..."

"Gorge profonde. Désolé pour la langue, mais c'est ce que je ferais. C'est la chose la plus évidente dans cette position, non? Vous êtes à genoux. Avec les mains liées derrière le dos, vous ne pourrez pas résister à mon entrée par la bouche."

Samantha sentit sa chatte se resserrer.

"Cela a certainement du sens."

"Eh bien, c'est ainsi que vous créez une bonne histoire. Vous imaginez tous les scénarios et ce qui se passerait ensuite. Comment les différents personnages réagiraient dans chaque situation. C'est ainsi que vous devriez penser."

"Je sais."

Il haussa un sourcil.

"Il semble que vous ayez plus de votre histoire complète que vous ne m'avez envoyé par e-mail."

«Je lui ai tout envoyé», dit-il avec une expression enjouée. "J'ai aussi beaucoup d'idées, mais je ne les ai pas encore écrites. Je dois surmonter l'angoisse que les gens connaissent mes pensées."

"Les auteurs ne peuvent pas repousser les limites s'ils sont inquiets de ce que les gens pensent. C'est sûr."

"Avez-vous des conseils pour ça?" Il a demandé d'une voix légèrement aiguë, comme s'il suggérait quelque chose.

"Eh bien, j'ai écrit tous mes romans de la même manière, c'est-à-dire pour produire la meilleure histoire possible que je veux raconter, en espérant que les gens apprécieront de la lire."

"Logique."

"Mais je ne vous le recommanderai pas, étant donné la nature de ce dont nous avons discuté", a-t-il ajouté. "C'est à vous de décider du genre d'histoire que vous voulez raconter, de son honnêteté et de la quantité de sexe que vous voulez inclure."

"Et si je voulais, tu sais, repousser les limites?"

"C'est ta décision. Mais comme je l'ai dit, ne sois pas stupide. Ce monde est plein de gens qui veulent t'utiliser pour le sexe."

«Et si je voulais être utilisé? "

Le professeur la regarda droit dans les yeux.

Elle lui rendit son regard.

Aucun d'eux n'était ignorant.

Ils savaient exactement ce qui se passait dans l'esprit l'un de l'autre.

"Je suis trop vieux pour les jeux, Samantha", a déclaré le professeur. "J'ai déjà été généreux avec mon temps et mes commentaires. Donc, si vous voulez quelque chose de plus de moi, ne jouez pas à des jeux, soyez simplement une femme adulte et dites-le."

Samantha sentit sa poitrine se serrer.

Elle inspira et expira plus fort.

"Voulez-vous m'aider? M'apprendrez-vous?" Il a déjà dit avec confiance.

«Vous apprenez quoi, exactement? demanda-t-il brusquement, comme un professeur réprimandant un mauvais élève pour son imprécision. "Être clair."

«Voudriez-vous être mon maître?

«Ce choix est un cadeau», a-t-il déclaré. "Vous devez choisir judicieusement."

Elle prit une profonde inspiration.

"Est-ce que je viens de faire une horrible erreur? Mon Dieu, je suis un idiot. Je suis vraiment désolé. S'il vous plaît, je vous en supplie, ne laissez pas cela ruiner notre relation universitaire. Je veux vraiment continuer à travailler avec vous."

"Etes-vous bruyant lorsque vous avez des orgasmes?" demanda-t-il sans détour.

"Pardon?"

"C'est une question simple. Je pense que vous m'avez bien entendu."

Elle s'éclaircit la gorge.

"Je suis presque normal. Mais tout dépend, bien sûr, de mon humeur et de ce que je ressens."

"Lève ta chemise, puis lève ton soutien-gorge pour exposer tes mamelons, comme sur ces photos."

C'était le moment de la vérité.

La première fois que Samantha se soumettrait à un homme.

Il souleva sa chemise soigneusement repassée pour révéler son ventre nu.

Puis plus haut pour révéler son soutien-gorge blanc, qui contenait ses seins quelque peu perturbés.

Puis elle a soulevé son soutien-gorge pour révéler ses petits tétons roses.

"Est-ce votre idée de me dominer?" demanda-t-elle, le mettant presque au défi d'en faire plus.

"C'est un début. Voulez-vous aller plus loin?"

"Oui."

"Jouez avec vos mamelons. Pincez. Serrez. J'aimerais voir comment vous faites."

Samantha a obéi au professeur.

Il pinça et serra ses petits mamelons roses alors qu'ils continuaient à se regarder dans les yeux.

"Est-ce mon initiation?" elle a demandé.

"Pas exactement. Pas encore."

Elle a continué à caresser ses seins.

"Ce n'est pas ça?"

"Tout d'abord, je vais devoir voir à quel point vous êtes courageux. Une séance photo est une chose, la vraie vie en est une autre", a-t-il expliqué. "Déboutonnez votre pantalon. Jouez avec votre vagin nu pour moi. Juste là. Orgasme, mais faites-le tranquillement. Ensuite, nous discuterons de la façon de repousser vos limites plus tard."

Elle a commencé à déboutonner son pantalon.

"Je peux gérer ça."

"Est-ce que cela vous met mal à l'aise?"

"C'est un peu bizarre," répondit-elle avec un léger haussement d'épaules. "Mais c'est excitant."

Avec son pantalon déboutonné, elle glissa sa main droite le long de sa culotte et frotta son clitoris.

Ils ont maintenu un contact visuel pendant qu'elle se masturbait, comme si c'était un défi quelconque.

"A quoi tu penses ?" Je demande.

"Veux-tu vraiment savoir ?"

"Bien sûr que oui."

Samantha a continué à jouer avec son clitoris.

"Tous deux font une séance photo ensemble. Une séance de bondage."

"Que ferions-nous ?"

"Tu m'attacherais. Ensuite, tu entraînerais ma gorge."

"Dur ou mou?"

Elle a souri.

"Pourquoi tu ne me le dis pas ?"

"Je suis toujours gentil," répondit-il, regardant son élève se branler pour lui. "Je préfère prendre mon temps et aller lentement. Si je te gobe profondément, ce serait presque romantique, d'une manière étrange. J'irais très lentement. S'assurer que tu peux prendre la bonne quantité. Quand tu es habitué, ça irait un peu plus vite, un un peu plus difficile. "

Samantha frotta son clitoris plus vite en écoutant son professeur parler.

Elle a imaginé le scénario qu'elle a raconté pendant qu'il parlait.

"Oh mon Dieu," haleta-t-il, se frottant plus vite.

"Je pense que vous êtes prêt à être soumis. Et peut-être que j'aimerais être votre Maître."

Samantha haleta à nouveau les mots «oh mon Dieu» quand elle atteignit son apogée.

Il n'y avait ni honte ni ressemblance quand elle est venue, regardant le professeur dans les yeux.

Elle fut presque essoufflée pendant un moment lorsque son corps se tendit puis elle se relâcha.

Elle trembla légèrement quand tout fut fini.

Le professeur s'est levé et s'est dirigé vers l'élève, qui se remettait toujours de l'orgasme.

"Bien joué," dit-il.

L'enseignante a mis le soutien-gorge de Samantha et a poussé ses seins pour couvrir ses mamelons.

Puis il abaissa sa chemise, s'assurant qu'elle était belle et soignée.

Puis il l'aida à boutonner son pantalon.

Quand le professeur a fini d'habiller Samantha, elle avait l'air neuve, avec une expression brillante sur son visage et des doigts légèrement humides.

"Et après?" elle a demandé. "Pour nous."

"Ensuite? J'ai un cours bientôt. Je dois y aller. Et si je ne me trompe pas, tu auras aussi un cours bientôt."

"Je l'ai."

«Voulez-vous que nous nous revoyions?

Elle acquiesça.

"Je le veux."

"Juste pour discuter de ton travail d'écriture?"

Elle hésita, sa voix tremblante.

"Je veux, tu sais, continuer ça. Ma formation. Cette expérience est utile pour mon processus d'écriture."

"Et quoi d'autre?"

Elle savait exactement ce que le professeur voulait entendre.

"Et je pense que c'est très excitant," répondit-elle honnêtement. "C'est mon grand fantasme. Je suis venu pour toi, en pensant à toi. Je veux être ta soumise."

"Lundi. Viens ici, à mon bureau, à sept heures du matin."

"Pourquoi si tot?"

«Au cas où tu crierais accidentellement, je ne veux pas que quiconque l'entende.

Les yeux de Samantha s'écarquillèrent et sa chatte se resserra.

CHAPITRE IV

Au cours du week-end, elle a participé à une autre séance photo avec le même photographe.

Dans la même étude.

Avec les mêmes accessoires.

Les images étaient plus risquées car elle se sentait à l'aise avec sa sexualité et ses préférences soumises.

Elle a demandé que les ficelles soient resserrées.

Elle voulait essayer de ressentir ce que c'était que d'être une vraie soumise.

Et c'est exactement ce qu'elle a fait.

Le résultat final était très érotique, mais fait avec plaisir.

Samantha était à nouveau à genoux, les poignets attachés devant elle et un masque noir sur le visage.

Pendant la séance photo dans toutes les expressions corporelles qu'elle a exécutées, elle dégageait une grande sensualité car elle pensait constamment que le professeur la formait.

De retour dans la chambre, Samantha écrivait sans arrêt et avec une grande intensité sur son ordinateur portable, assise dans sa position d'écriture préférée, sur son lit, le dos contre l'oreiller.

Sa colocataire, Vicky, était allongée dans le lit adjacent, vêtue uniquement d'un T-shirt.

Lorsque Vicky a étiré son corps, sa chatte a été exposée, mais ils étaient tous les deux habitués au corps de l'autre.

"Tout ce que vous faites est d'écrire", a déclaré Vicky. "Vous ne vous ennuyez jamais avec ce truc?"

Samantha a continué à écrire.

"En aucune façon."

"Vous obtiendrez probablement de bonnes notes ce semestre avec tout ce que vous avez écrit. Allez, sortons pour des hamburgers et des smoothies."

"J'ai besoin de surveiller mon alimentation."

"Alors mange juste le hamburger et saute le smoothie."

Samantha fit une pause et regarda sa colocataire.

"Ce n'est pas une mauvaise idée. Ça fait trop longtemps depuis la dernière fois que j'ai mangé un hamburger."

"Mon cadeau. Et je connais exactement l'endroit," dit Vicky en sautant du lit.

Samantha était sur le point de fermer son ordinateur portable quand elle s'est souvenue de quelque chose.

Elle a cherché les photos.

"Attends, puis-je te montrer quelque chose très rapidement?"

Vicky s'approcha et regarda les images explicites sur l'ordinateur portable.

Images d'une Samantha partiellement nue, à genoux, les poignets attachés et frappant des poses sensuelles.

"Putain de fille," s'exclama Vicky. "Est-ce vraiment toi?"

"Oui."

"Je n'avais aucune idée que tu pouvais l'être ..."

"Sex symbol?" Samantha a plaisanté. "J'essaye de garder ce côté caché."

Vicky rit.

"Eh bien, quoi que vous fassiez, continuez comme ça. A ce rythme, vous n'aurez même pas besoin d'un diplôme universitaire, vous pourriez être un modèle professionnel."

"Je préfère ma carrière professionnelle actuelle."

«Tout ce qui fonctionne pour toi. En attendant, j'ai faim. Habillons-nous.

Samantha regarda sa colocataire s'approcher du placard et retirer sa chemise, la laissant complètement nue.

Comme d'habitude, Samantha éprouvait un peu d'admiration car Vicky était bénie dans le département des seins, avec de gros seins qui attiraient le regard, mais Samantha essayait de ne pas être jalouse.

Elle se sentait également un peu coupable de ne pas avoir parlé à sa colocataire de la situation avec l'enseignant.

Depuis le lycée, ils étaient toujours honnêtes avec tout, en particulier avec les garçons.

Ils n'ont jamais gardé de secrets l'un pour l'autre.

Mais c'était différent.

Le professeur a fait promettre à Samantha de ne le dire à personne, et Samantha a toujours tenu parole.

Avant de sortir du lit, Samantha a rapidement ouvert son compte Gmail et écrit un message pour son professeur.

Elle a joint la dernière version de son travail d'écriture.

Il a ensuite joint les dernières photos d'esclavage qu'il avait prises ce jour-là.

Expédié.

Samantha rangea l'ordinateur portable et enleva ses vêtements, se déshabillant à côté de sa colocataire.

J'avais un besoin urgent de manger quelque chose de riche en calories.

TROISIÈME PARTIE
LES CORDES

CHAPITRE I

Lorsqu'elle est arrivée lundi matin, Samantha ne se souciait plus de sa tenue ou de son apparence.

Pas comme il l'avait été les autres fois où il avait rencontré le professeur.

Elle avait déjà l'habitude de voir le professeur en privé et s'était déjà masturbée pour lui.

Elle portait un chemisier uni, les cheveux attachés en queue de cheval et un maquillage léger sur son visage.

Il était également trop tôt pour mettre autre chose.

Il y avait aussi les brèves instructions que l'enseignant lui avait envoyées par e-mail la veille.

Il lui a demandé de porter une jupe courte et de ne pas porter de culotte.

Une demande à laquelle elle était impatiente de répondre, même si elle n'avait aucune idée de ce qui allait se passer.

L'enseignant est arrivé au bâtiment à peu près au même moment.

À ce moment de la journée, presque personne n'était là.

Elle portait son sac de bureau habituel, qui contenait généralement son ordinateur portable et ses livres pour la classe, ainsi que les clés en main pour ouvrir la porte de son bureau.

À ce stade, leur relation était devenue décontractée et en se voyant, ils se sont interrogés sur le week-end de l'autre.

Samantha le sentit devenir un peu plus coquette avec lui, et l'enseignant était beaucoup moins sévère qu'en classe.

Le professeur a verrouillé la porte une fois qu'ils sont entrés dans le bureau, ce qui était inhabituel en ce sens qu'il ne l'a jamais gardée verrouillée lorsqu'ils étaient à l'intérieur.

Lorsqu'ils se sont assis l'un en face de l'autre, la conversation a changé.

«J'ai lu votre document», dit-il. "Et j'ai vu vos photos."

Cela la rendait nerveuse pour une raison qu'elle ne pouvait pas expliquer.

Elle essaya de cacher le fait qu'il était brièvement mal à l'aise, car il ne voulait lui montrer aucune sorte de faiblesse.

«Qu'as-tu pensé de tout ça?

"Je pense que votre écriture est solide. La structure de l'histoire est bonne. Grammaire impeccable. Vous avez une grande compréhension de la langue anglaise et j'aime bien que vous variez les descriptions. Plus important encore, l'histoire et les personnages sont bien développés. C'est autobiographique. C'est vivant. J'aime ça. "

À tout autre moment, Samantha aurait été complètement flattée par les compliments qu'elle venait de recevoir d'un professeur qu'elle respectait profondément.

Mais maintenant, alors qu'elle était assise sans culotte, c'était la dernière chose qu'elle avait en tête.

"Qu'as-tu pensé des photos?"

«Vous êtes une belle jeune femme, Samantha,» dit-il. «J'ai toujours pensé ça de toi.

«Tu voulais que je vienne ici à sept heures du matin, quand personne d'autre n'est là. Tu m'as dit de porter une jupe. Et je ne porte pas de culotte non plus.

"Alors, tu es venu ici juste pour être entraîné, c'est ça?"

Elle acquiesça.

"Est-ce que je me ridiculise?"

"Lève-toi et regarde en avant."

Samantha se leva, ajusta sa chemise et sa jupe pour avoir l'air bien, et regarda devant elle.

L'enseignante s'est également levée et s'est approchée d'elle, regardant de près son jeune joli visage, essayant de lire ses expressions faciales.

Les lèvres de Samantha semblèrent se resserrer.

Son corps était tendu et raide, mais il y avait une petite lueur dans ses yeux, comme s'il avait attendu longtemps pour cela.

"Je t'aime vraiment, Samantha," dit-il. "Vous êtes intelligent, motivé, très gentil et beau."

"Merci," dit-elle, presque dans un murmure.

«Je dois vous dire que j'aime être Maître. C'est quelque chose que je prends très au sérieux. Et je donne toujours le plus grand soin à mes serviteurs.

Des serviteurs ? Samantha aimait où cela allait.

"Je comprends," répondit-elle.

"Et vous ? En raison de notre différence d'âge et de ma position à l'université, nous ne pouvons jamais sortir. Nous ne pouvons jamais revenir de manière romantique. Cela vous dérange-t-il ?"

"Je peux garder un secret. Et je suis trop occupé pour avoir un petit ami."

"Alors, douce Samantha cherche un Maître ? Par pur besoin sexuel, n'est-ce pas ?"

"Je pense que tu le sais déjà," dit-il doucement.

"Avez-vous pensé à ça ? Suis-je votre premier Maître ? Donne-toi complètement ? Je ne vais jamais en deux. Une fois que tu es à moi, je ferai ce que je veux avec toi. Je vais te pousser à tes limites. Mais si tu veux le finir , ce sera fini. "

La chatte de Samantha se serra.

"C'est ce que je recherche. J'ai toujours voulu, tu sais, être soumis. Et je veux être avec toi."

"Pourquoi moi ?" Il a demandé.

Elle était nerveuse.

"D'après votre expérience avec cela. J'adore que vous soyez si prudent. Et j'aime votre façon de penser. Qui vous êtes. J'aime tout le thème enseignant-élève. J'aime le pouvoir d'autorité que vous avez sur moi."

"Soulevez votre jupe."

Samantha a soulevé sa jupe pour révéler sa chatte rasée et ses fesses nues.

Elle était nerveuse et ses mains tremblaient légèrement en tenant sa jupe.

"Vous êtes plus belle en personne que sur les photos", a-t-il déclaré.

"Je vous remercie."

"Maintenant, penchez-vous. Mettez vos mains sur mon bureau. Ouvrez vos jambes."

Samantha obéit.

"Que vas-tu faire?"

"Je vais vous rendre une grande faveur. Ceci est pour votre travail d'écriture. J'aime où va votre histoire. Mais vous avez quelques choses à apprendre. Si vous voulez écrire correctement sur un voyage sexuel, alors en tant que professeur, j'aimerais que vous le fassiez. expérience de première main. "

La chatte de Samantha se tordit alors qu'elle maintenait sa position sur le bureau.

Il garda les yeux droit devant lui pendant que le professeur fouillait son sac de bureau.

Je n'avais aucune idée de ce que je cherchais et je ne voulais pas non plus chercher.

J'avais trop peur pour regarder.

Elle voulait simplement laisser les choses progresser.

Ses mains ont commencé à frotter ses fesses lisses et ses cuisses toniques.

«Quelles belles jambes», nota-t-il. «Je vais mettre un bouchon sur tes fesses. As-tu déjà ressenti un de ceux-là avant?

"Non. Pensez-vous que je l'aimerai?

"Si vous vous détendez et faites ce que je vous dis, vous apprécierez beaucoup de choses."

Le professeur a pétri ses fesses comme si c'était de la pâte.

Serrer fort et masser.

Quand il a écarté ses fesses, Samantha s'est sentie très exposée.

Elle savait qu'il regardait profondément dans son anus.

Puis il l'a relâché.

«Cela peut sembler un peu froid», dit-il, ouvrant un lubrifiant.

Le corps de Samantha sursauta alors que le professeur touchait son anus avec ses doigts lubrifiés, mais elle reprit rapidement le contrôle, se tenant immobile.

Les doigts ont encerclé son anus avant de pousser, couvrant son rectum avec le lubrifiant anal.

"Tu aimes le sexe anal?" Je demande.

"Oh ouais. Mais seulement si je suis de bonne humeur. Comme tu peux le voir, je suis un peu serré là-bas."

"C'est comme ça. Maintenant, détends-toi, ça va te sembler un peu gênant au début, mais tu t'y habitueras. Je te le promets."

Après avoir éloigné son doigt, le professeur a pressé un bouchon contre l'anneau anus de Samantha.

C'était quatre pouces.

Gérable pour toute jeune femme.

Il poussa doucement et le bouchon passa par l'anneau de son anus, grâce au lubrifiant.

Le corps de Samantha se tordit et haleta, mais elle garda son calme.

Elle l'a poussé jusqu'à ce qu'il soit complètement à l'intérieur.

Le bouchon arrière a été conçu pour s'adapter à quatre pouces, puis a été arrêté par une surface plane, afin que Samantha puisse s'asseoir plus tard sans trop de problèmes.

«Maintenant, je vais insérer quelque chose dans votre vagin», dit-il. "Un petit vibromasseur que je suis le seul à pouvoir contrôler".

Samantha secoua ses fesses.

"Je suis à votre merci."

"Bonne fille."

Le professeur fouilla dans son sac de bureau et en sortit un petit vibromasseur d'environ six pouces, qui avait des sangles pour l'attacher.

Il écarta les fines lèvres brunes de Samantha, révélant son ouverture rose.

Elle était mouillée, alors il savait qu'elle était excitée.

Puis il pressa le vibromasseur contre son trou humide et poussa.

L'entrée était facile, d'autant plus que les jambes de Samantha étaient ouvertes et que son sexe était excité.

Pouce par pouce, le vibromasseur s'est frayé un chemin dans la chatte de Samantha.

Elle posa sa main sur la table, appréciant la sensation de l'entrée, et apprécia également le fait que c'était le professeur qui l'avait fait.

Une fois le petit vibrateur complètement inséré, l'enseignant a attaché les sangles autour des jambes et du dos de Samantha, jusqu'à ce que le vibrateur soit complètement sécurisé.

«Peu importe à quel point cette petite chose vibre, je ne vais nulle part. Elle pensait

«Maintenant, asseyez-vous», dit le professeur.

Samantha se redressa, redressa sa jupe et se rassit sur le siège devant le bureau.

C'était un peu gênant comme je m'y attendais.

C'était la première fois qu'il portait un plug anal et c'était étrange de s'asseoir.

Son rectum était étiré et il sentait que ses fesses lui faisaient déjà mal.

Le vibromasseur attaché à l'intérieur de sa chatte était également une sensation étrange.

Je n'ai jamais rien ressenti de tel auparavant.

Habituellement, quand quelque chose de cette forme et de cette taille était dans sa chatte, Samantha était sur le dos, ou à quatre pattes, sans s'asseoir.

Combiné, le sentiment était surréaliste.

Ses deux trous étaient remplis de sextoys.

Et c'était pour une raison.

Aussi inconfortable que cela puisse être, c'était aussi excitant sexuellement.

«Ensuite, je vais vous attacher à la chaise,» dit-il.

Elle avala sa salive.

"Je peux gérer ça."

Le professeur était fidèle à sa parole.

À l'intérieur de son sac de bureau, il y avait des cordons bleus qui semblaient avoir une texture lisse.

Lorsque le poignet gauche de Samantha a été attaché à la chaise, elle a vu qu'elle avait raison.

La corde était douce contre sa précieuse peau.

Le nœud de l'enseignant semblait professionnel et correct.

Et il l'a fait avec une pression parfaite.

Le même processus a été répété avec son poignet droit.

Puis vint ses chevilles.

Elle a regardé l'enseignante répéter habilement le processus avec chacune de ses chevilles.

Elle le regarda et s'émerveilla de ses capacités.

Il était certainement un Maître expérimenté, surtout en ce qui concerne les cordes, pensa-t-il.

Pas étonnant que le professeur comprenne si bien les photos de bondage de Samantha, puisqu'il avait exactement le même fétiche, pensa-t-il.

Quand ce fut fini, Samantha était complètement attachée à la chaise, avec des jouets sexuels sur les fesses et le vagin.

C'était une autre sorte d'euphorie que de participer à une séance photo.

C'était la vraie vie.

Et il était complètement à la merci de son professeur, qu'il admirait profondément.

Il se pencha en arrière, ses fesses contre son bureau, regardant son travail.

Samantha attachée au siège.

"Je souhaite que vous puissiez vous voir", a déclaré le professeur. "Si beau, si impuissant. Le spectacle parfait de soumission."

Elle acquiesça.

"Merci a toi."

"Est-ce ce à quoi vous vous attendiez? Comment vous sentez-vous? Le regrettez-vous? Est-ce humiliant? Dites-moi et soyez précis."

Elle rassembla ses pensées.

"Je me sens en vie. Comme si je suis en sécurité avec toi. Parce que je sais que tu ne me ferais jamais de mal. Il y a un réconfort là-dedans. Et j'aime être sous ton contrôle. Ton contrôle sexuel. Me donner à toi. Je ne sais pas si je pourrais jamais l'expliquer complètement. mais c'est ce que je ressens. "

«Ça y est», nota-t-il. «Ce sont les pensées auxquelles vous devez penser pour devenir un jour un grand romancier. Vous devenez une femme en harmonie avec vous-même.

"Je veux aussi le ressentir."

«J'ai une longueur d'avance sur vous», dit-il en brandissant un petit appareil. "Ces boutons contrôlent le vibreur en vous. Ce qui signifie que je contrôle maintenant votre corps et votre esprit. Voulez-vous toujours vivre le style de vie dont vous rêvez depuis si longtemps?"

"Ouais ..."

Dès que ces mots s'échappèrent de ses lèvres, le professeur appuya sur un bouton qui déclencha le vibrateur.

Le corps entier de Samantha trembla et son visage grimaça.

Ses bras tiraient involontairement sur les cordes quand elle tirait, mais en vain, les cordes étaient trop fortes.

"Ce n'est que la première étape", a-t-il déclaré.

Le sextoy a continué à vibrer dans sa chatte.

"Oh, mon Dieu, ça fait ... Je n'ai jamais utilisé un vibromasseur comme celui-ci avant. C'est tellement ..."

L'enseignant a regardé l'élève se tortiller soigneusement tout en appuyant sur un autre bouton, augmentant la puissance du vibrateur d'un cran.

Samantha semblait essoufflée quand ses yeux s'écarquillèrent et que sa bouche forma un O.

Il sembla être momentanément essoufflé alors que le vibrateur faisait sa magie.

"C'est l'essence même de la soumission", a déclaré le professeur. "Je suis en contrôle total. Vous êtes complètement perdu. Et il est de mon devoir de vous faire jouir. Maintenant, vous n'avez plus à vous demander ce que c'est. Vous en faites l'expérience de première main, n'est-ce pas?"

Elle a eu du mal à parler.

"Ouais ..."

"Voudriez-vous avoir un orgasme?"

Elle acquiesça.

"Ouais ..."

Sa voix s'éteignit alors que la vibration devenait écrasante.

Puis le professeur a appuyé sur l'interrupteur qui a amené le vibrateur au niveau le plus élevé.

Cela fit trembler tout le corps de Samantha et ses mains se crispèrent.

Ses fesses étaient involontairement pressées contre le bouchon de ses fesses.

Ses yeux se fermèrent et il gémit bruyamment.

Lorsque Samantha a pleuré et crié, le professeur a abaissé le vibrateur au premier cran et Samantha a pu se calmer.

«Vous êtes trop bruyant», dit le professeur. "Nous pourrions être attrapés si vous hurlez comme ça."

"Je suis vraiment désolée," répondit-elle, respirant fort alors que le jouet sexuel bourdonnait toujours dans sa chatte. "C'était tellement intense. Je n'ai jamais rien ressenti de tel auparavant."

"Mais tu veux toujours atteindre l'orgasme, n'est-ce pas?"

Elle hocha la tête comme un mignon petit chiot.

"Bien sûr que oui."

«Alors je vais devoir te bâillonner d'une manière ou d'une autre. Une suggestion de ce que je peux mettre dans ta bouche, pour te garder tranquille?

C'était une question rhétorique.

Ils le savaient tous les deux.

Samantha était assez intelligente pour comprendre ce que le professeur suggérait.

Et elle l'aimait aussi, de tout son cœur.

"Ta bite".

Il a souri.

"Juste pour te garder tranquille? Ou veux-tu que j'entraîne ta bouche?"

"Je veux être entraîné. Gorge profonde, tout comme je fantasmais."

"Bonne fille."

Le professeur posa la télécommande et commença à déboutonner son pantalon.

Samantha regarda avec des yeux anxieux le professeur se libérer.

Elle a noté qu'il était presque complètement érigé et que sa taille était assez impressionnante.

Cela ne faisait que l'exciter davantage.

Il s'avança, sa bite se balançant devant le visage de Samantha, la télécommande à nouveau en main.

«Je vais mettre ma bite dans ta bouche», dit-il. "Tu vas la sucer. Et tu vas aller jusqu'à la gorge profonde. En même temps, je vais te faire jouir avec le vibromasseur. Tu me comprends?"

"Oui," acquiesça-t-il.

Souvenez-vous de ce sentiment. Utilisez ce sentiment pour votre écriture. Peut-être que vous allez l'adorer. Peut-être que vous le détestez. Mais au moins vous avez essayé. "

"Je le veux. Plus que tout."

Sur ce, le professeur guida sa queue vers le visage de Samantha.

Elle ouvrit la bouche et l'accepta.

Il se glissa entre ses lèvres et elle enroula ses lèvres autour de lui, le suçant.

Le professeur haleta.

« Tu as la bouche d'un ange », nota-t-il. "Continuez à sucer."

Et Samantha l'a fait.

Elle suça et secoua la tête du mieux qu'elle put.

Tout ce qu'il pouvait faire était de bouger son cou d'avant en arrière.

Elle a travaillé avec ses lèvres et sa langue.

Elle lui a fourni une bonne succion et a tourné sa langue autour du bout de son érection.

C'était quelque chose qu'elle savait que les hommes aimaient absolument.

Et elle adorait le faire.

Il aimait aussi sentir sa bite se durcir dans sa bouche.

"Détendez-vous," dit-il. "Je vais aller plus loin. Ne combattez pas ça."

Le professeur posa une main sur le dessus de la tête de Samantha, puis la poussa doucement, prenant son sexe plus profondément.

Elle s'étrangla un peu, puis il recula.

Maintenant, il connaissait les limites orales de Samantha.

La fille avait un réflexe nauséeux standard.

Il retourna à l'intérieur, seulement là où se trouvait le reflet de la nausée de Samantha, et c'était aussi loin que ça allait.

Il voulait entraîner sa gorge sexuellement, pas la faire vomir.

« C'est maintenant que je vais vous faire venir », dit-il. "Détendez votre corps. Vous êtes maintenant sous mon contrôle."

Le professeur appuya sur le bouton et le vibreur revint au cran le plus élevé.

Samantha se tortilla sur le siège traitée comme une esclave.

Ses fesses resserrèrent à nouveau le plug sur son petit trou.

Ses yeux devinrent humides.

Ses mains formaient des nœuds serrés.

Ses doigts se resserrèrent à l'intérieur de ses chaussures.

Le petit bureau était rempli du son du petit mais puissant vibromasseur, travaillant sa magie à l'intérieur de la chatte humide de Samantha.

Il y avait aussi des bruits de nausée et des cris étouffés dans la bouche de Samantha.

Des sons obscènes de succion et de sirotage.

"Continuez à sucer," dit-il. "Vous pouvez faire les deux. Sucer et avoir votre orgasme en même temps."

Samantha s'est recentrée sur la succion de la bite du professeur.

Peut-être que cela supprimera les sentiments extrêmes dans sa région inférieure, pensa-t-il.

Elle a fait de son mieux pour bouger sa langue autour du membre, mais c'était difficile car la bite était à sa gorge.

Il a également essayé de travailler ses lèvres du mieux qu'il pouvait.

Elle n'avait jamais eu de gorge profonde avec un garçon auparavant, c'était donc une expérience d'apprentissage inhabituelle pour elle.

Au fur et à mesure qu'elle suçait, les sensations dans sa chatte devinrent une intensité puissante.

La pression grandissait et augmentait.

Il en a été de même pour la douleur des vibrations prolongées, ainsi que la douleur dans son rectum et la douleur à l'endroit où ses membres étaient liés.

Elle émit un son étouffé pour sa queue.

"Êtes-vous près de jouir?"

Ses yeux larmoyants regardaient le professeur.

Avec des yeux de chiot.

Elle hocha légèrement la tête, du mieux qu'elle put, sans blesser la bite du professeur.

Le professeur sourit.

"Viens pour moi, chérie. Détends-toi et laisse faire."

Samantha ferma les yeux et se concentra sur la succion de sa bite, qui était dans sa gorge, avec les sentiments puissants dans sa région inférieure.

Effectivement, l'orgasme est venu.

Maintenant, il ne pouvait plus tenir la prise de ses poings et de ses orteils.

Ses muscles se détendaient.

Son corps lui faisait mal.

Elle sentit une puissante libération dans sa chatte.

La pression a atteint son paroxysme et l'orgasme est allé au-delà des mots.

Quand il est arrivé, il s'est senti gicler.

Des fluides jaillissaient de sa chatte, couvrant le vibromasseur et faisant un désordre de l'endroit où elle était assise.

Normalement, elle serait terrifiée par le désordre qu'elle faisait dans sa jupe, car elle devrait parcourir les couloirs et traverser le campus avec cette tache d'orgasme.

Mais ce n'était pas un moment normal, pas à ce moment-là.

Tout ce qui l'intéressait était ce sentiment intense.

Rien d'autre n'avait d'importance.

Baiser la jupe mouillée.

C'était l'orgasme le plus incroyable de toute sa vie.

Elle respirait fortement les yeux fermés.

Puis il se détendit et soupira.

C'est alors que le professeur sut qu'il venait de finir de jouir.

Il n'y avait plus de raison de déranger Samantha, alors elle éteignit le vibreur.

« C'était magnifique », dit-il. "Mais maintenant c'est mon tour. As-tu encore de l'énergie ?"

Il leva les yeux et acquiesça, ses yeux arrachés de l'orgasme qu'il venait de ressentir.

Le professeur secoua ses hanches.

Pour l'acte final, il voulait baiser sa bouche et sa gorge, et c'est exactement ce qu'il faisait.

Elle a continué à sucer.

Lorsque son énergie est revenue, il a recommencé à travailler avec sa langue, avec ses lèvres.

« Avalez-le », dit-il.

Il tenait la tête de Samantha immobile d'une main, et de l'autre main, caressait furieusement le membre de sa bite dure et furieuse, tandis que le bout de son érection était dans la bouche chaude de Samantha.

Samantha était fière d'avoir pu rendre le professeur si dur, et cela a fonctionné.

Cela la faisait se sentir sexy, désirable et voulue par lui.

L'orgasme a explosé dans la bouche de l'élève.

Flux après flux de sperme est entré dans la bouche de Samantha, sa langue et sa gorge.

À chaque giclée de sperme, Samantha déglutit.

C'était quelque chose qu'elle aimait faire, surtout maintenant pour l'homme qui venait de lui donner cet orgasme mémorable.

Elle appréciait le goût et la texture de son sperme.

Il le goûta dans sa bouche.

Il le tourna avec sa langue.

Ce n'était pas quelque chose qu'elle oublierait de sitôt.

Elle a continué à sucer jusqu'à ce que tout sorte.

Puis, lorsque le sperme s'est arrêté, il a tourné sa langue autour de la tête de sa queue et léché l'ouverture.

Lorsque la bite est devenue molle, elle l'a laissée tomber de sa bouche et lui a embrassé la tête au revoir dans le processus.

Samantha regarda son professeur, qui la regardait.

Leurs yeux se rencontrèrent.

Il y avait une compréhension subtile entre eux.

Ils savaient ce que l'autre pensait.

Samantha était une fille soumise qui a finalement pu vivre son fantasme.

Et le professeur était un homme qui pouvait apprécier son amour pour la formation des femmes.

«C'est l'expérience d'être soumise», dit-elle. "Maintenant tu sais. Fais ce que tu veux avec cette connaissance."

"J'ai adoré. Chaque seconde," soupira-t-elle et prit un moment pour retrouver son calme.

«Je suis heureux que tu aies vécu ce que tu voulais. Si tu es une bonne fille, nous pouvons recommencer.

Elle lui fit un tendre sourire:

"Mieux. Parce que j'écris un long roman."

Lorsque le professeur a détaché les poignets de l'élève, il l'a embrassée doucement sur le front.

C'était un Maître compatissant.

Et Samantha était une soumise très curieuse et tenace.

Bien sûr, ils le referaient, pensa-t-il.

FIN

www.ingramcontent.com/pod-product-compliance
Lightning Source LLC
LaVergne TN
LVHW091231150826
845673LV00003B/1092